# LE DADDY OU LE COW-BOY MUSCLÉ

SÉRIE LA PETITE FILLE À SON PAPA

SCOTT WYLDER

# TABLE DES MATIÈRES

# 1

———

Violet

JE ME GARAI DEVANT LA FERME RUSTIQUE À LA SORTIE DE Knoxville. Elle se trouvait au milieu de nulle part, le réseau téléphonique y était nul, et je doutais que la connexion internet fût bien meilleure.

C'était parfait.

Je garai ma voiture dans la longue allée sinueuse avant de descendre et de m'approcher de la porte. Je frappai d'un geste hésitant. « Il y a quelqu'un ? » demandai-je.

Je ne reçus pas de réponse.

Je me mordis la lèvre avant de regarder le numéro en caractères de fer forgé suspendu au-dessus de la porte. Ce devait être la bonne maison.

En tout cas, c'était un ranch opérationnel. Peut-être que le propriétaire était quelque part à l'arrière.

Je fis prudemment le tour de la maison. La sensation de l'herbe tendre était étrange mais agréable sous mes pieds. J'avais grandi en ville, marché et couru sur l'asphalte et, à l'occasion, sur des morceaux d'écorce à l'aire de jeu du coin. C'était difficile d'y trouver de l'herbe dense et luxuriante comme celle-ci. Mais même à travers mes baskets, je sentais la différence. Et puis, l'air était frais et avait une odeur légèrement sucrée, contrairement aux vents pollués de la ville. On aurait vraiment dit un tout autre monde.

Je fis le tour jusqu'à l'arrière, et entendis faiblement des vaches dans le lointain. « Bonjour ? » lançai-je. « Il y a quelqu'un ici ? »

Toujours pas de réponse. Je balayai du regard le jardin de derrière. Il n'y avait personne dans les parages. Au loin se trouvaient des pâturages verdoyants ponctués de vaches, ainsi qu'un petit manège, probablement pour des chevaux. D'après le site de voyage, c'était un ranch relativement petit, mais l'endroit me paraissait immense.

J'entendis des bruits provenant des écuries et allai voir ce que c'était. Peut-être que le propriétaire se trouvait là-bas. « Il y a quelqu'un ? » appelai-je à nouveau. Je commençais à avoir l'impression d'être un disque rayé. « Je m'appelle Violet. Je suis là pour la chambre à louer ? »

J'ouvris la porte de l'écurie et m'arrêtai net. Il y avait un homme dans l'un des boxes, en train de ramasser le fumier. Il ne portait qu'un jean bleu foncé, et pas de chemise. Il me tournait le dos, mais je voyais les muscles de son dos et de ses bras onduler lorsqu'il bougeait. Sa peau était luisante de sueur, ce qui ne faisait qu'accentuer ses mouvements. J'eus la bouche sèche en le voyant. Ça ne pouvait pas être le propriétaire, si ? Si c'était le cas, j'étais dans le pétrin.

J'avançai encore d'un pas et vis bientôt pourquoi il ne m'avait pas entendue. Il portait des écouteurs sans fil et devait probablement écouter de la musique tout en travaillant.

Je me mordis la lèvre et me demandai comment faire pour attirer son attention sans lui donner de tape sur l'épaule. Je fantasmais déjà sur lui, j'avais besoin de tout sauf de le toucher vraiment.

Au lieu de ça, je me tournai vers le mur de bois et toquai bruyamment.

Il sursauta légèrement avant de se tourner vers moi. Il s'empressa de retirer les écouteurs. « Salut, » dit-il. « Désolé, je ne vous ai pas entendue. » Il eut un sourire penaud.

« C'est vous, Jesse ? » demandai-je d'un ton hésitant. Je m'étais imaginé le propriétaire du ranch comme un type dans la cinquantaine ou la soixantaine, avec les cheveux gris et un bide de buveur de bière. Certainement pas comme quelqu'un d'aussi séduisant que l'homme en face de moi.

« Je crois bien que oui, » dit-il. « Et vous êtes ?

« Je suis Violet. La personne qui vous loue une chambre pour les six prochains mois ? »

Il fronça les sourcils. « Je croyais que vous n'arriveriez pas avant une heure de l'après-midi. »

J'eus un léger sourire. « En fait, je suis un peu en retard. Il est une heure et demie, là. Heureusement que je ne vous ai pas fait attendre ni rien de ce genre. »

Il m'adressa un sourire en coin. « Non, je crains fort d'avoir perdu la notion du temps. Je ne fais plus attention à l'heure quand je m'attaque à mes corvées. » Il baissa les yeux sur lui-même, comme s'il venait de réaliser qu'il n'avait pas de chemise. « Excusez mon apparence. »

Je secouai la tête. « Pas de problème. » Ce n'était certainement pas un problème. Je sentis une rougeur me monter aux joues en regardant son torse, qui était tout aussi musclé que son dos et ses bras.

Il attrapa un T-shirt suspendu à la porte d'un box et l'enfila avant de retirer ses gants de travail. Il me tendit la main. « Ravi de vous rencontrer officiellement, Violet. »

Je serrai sa main, qui était chaude et ferme. Je n'avais aucun mal à imaginer ces mains en train de me plaquer contre le mur. *Reprends-toi, Violet !* J'étais censée lui louer une chambre, pas fantasmer sur lui.

S'il avait remarqué mon attirance envers lui, il n'en laissait rien paraître. Au lieu de ça, il se contenta de mettre ses mains dans ses poches. « Je serai ravie de vous conduire à votre chambre et de porter vos bagages, si vous voulez, » dit-il.

« Non, ça va. Je n'ai que quelques affaires. Et puis on dirait que votre journée vous épuise suffisamment sans que vous ne portiez en plus mes bagages. »

Il haussa les épaules. « Peut-être, mais j'adore ça. » Il eut un large sourire. « Venez, je vais vous faire visiter la maison. Je vous ferai visiter la propriété tout à l'heure quand vous serez installée.

— Ce serait parfait. »

Il insista pour porter mes bagages à l'intérieur. La

maison était grande et d'aspect rustique, avec ses planchers de bois brut, sa cheminée en pierre dans le salon, et ce qui ressemblait à un tapis artisanal sur le sol. Elle était gaie et accueillante.

Jesse me conduisit en haut de l'escalier jusqu'au premier étage. « La salle de bain est plus loin dans le couloir et ma chambre est au bout. Et là, c'est votre chambre. » Il tourna à droite et se baissa pour franchir une porte. Je le suivis.

Ma chambre était immense, elle faisait au moins la taille de mon ancien studio. Il y avait un lit deux places couvert d'un couvre-lit en patchwork d'un côté, et un écritoire ancien de l'autre. Dans l'angle se trouvait un fauteuil à côté d'une petite bibliothèque. « J'espère que tout est à votre goût, » dit-il.

« C'est parfait, » dis-je en regardant autour de moi. « Merci beaucoup. »

Il sourit avec douceur. « Avec plaisir, » dit-il. « Honnêtement, ce sera agréable d'avoir de la compagnie. N'hésitez pas à vous servir de tout ce que vous trouverez dans la cuisine, évidemment. Mais en principe, je dîne vers dix-neuf heures, si vous voulez vous joindre à moi. »

Je souris et hochai la tête. « Parfait, » dis-je.

Son sourire s'élargit. « Très bien, » dit-il. « Je vais vous laisser vous installer. On se voit au dîner. »

Je me mordis la lèvre en le regardant partir pour retourner à ses corvées. On aurait dit que ma petite retraite allait être plus dangereuse que ce que je pensais.

## 2

Jesse

IL Y A ENVIRON UN AN, J'AI DÉCIDÉ DE ME METTRE À LOUER ma chambre libre au ranch pour me faire un complément de revenus. Quand j'ai publié l'annonce, je ne m'attendais pas à ce que quelqu'un d'aussi mignon que Violette se retrouve sur le pas de ma porte.

Elle risquait d'être dangereuse. Elle devait avoir au moins dix ans de moins que moi et n'avait probablement pas envie d'un combattant de MMA à la retraite qui vivait son rêve d'enfance, celui d'être un cow-boy au milieu de nulle part. Mais quand elle avait regardé sa chambre autour d'elle d'un air tout bonnement ravi, ça avait éveillé mon instinct de Daddy. J'allais devoir ignorer cet instinct pendant les six prochains mois.

Une fois que je l'eus installée dans sa chambre, je retournai à mes corvées. Après ma retraite des MMA, j'avais sombré dans l'ennui et l'agitation. Le fait de posséder et de gérer un ranch me donnait un but.

Je ne l'avais pas agrandi de manière à pouvoir tout gérer sans accroc, avec seulement un ou deux garçons de ferme à mi-temps. Je gérer un petit troupeau de bétail et je donnais des leçons d'équitation le week-end. C'était marrant, mais ça coûtait un peu plus cher que ce que j'avais prévu. Les bénéfices générés par le ranch ne dépassaient que de peu le seuil de rentabilité. Mais j'avais eu la chance d'avoir une carrière fructueuse en tant que combattant de MMA, et heureusement, j'avais été suffisamment prévoyant pour investir avec prudence de manière à vivre confortablement. Mais les revenus supplémentaires apportés par Violet me seraient bien utiles. Qui savait pendant combien d'années encore j'allais pouvoir jouer au cow-boy avant que ça ne devienne trop dur physiquement ?

À la fin de la journée, j'allai chercher ma jument, Alezane, au pré, et la chevauchai jusqu'au troupeau de bétail que je ramenai à l'étable. Une fois que tout ce petit monde fut abreuvé et nourri pour la nuit, je mis Alezane dans son box avec de la nourriture et de l'eau. « On a une invitée, ma belle, » dis-je tout en la brossant. « Elle s'appelle Violet. »

Alezane ne répondit pas. Elle était trop occupée à mastiquer son avoine.

« Peut-être que toi et moi, avec Dolly, on pourrait l'emmener faire une promenade à cheval un de ces jours. Tu crois que c'est une bonne idée ? » Je soupirai et rangeai les instruments de toilette. « Qu'est-ce que je raconte ? C'est pas une bonne idée. Je m'avance déjà sur un terrain glissant, là. Mais elle est là pour six mois. Il faut que j'apprenne à la connaître, sinon cette moitié d'année va être bien gênante. » Le dîner de ce soir serait un bon point de départ.

Je rentrai, pris une douche et enfilai un jean propre et une chemise en flanelle. La maison était aussi silencieuse que ce matin. Je me demandai si Violet était même réveillée, ou si elle faisait un somme pour se remettre du voyage. Bon, si elle n'était pas réveillée à dix-neuf heures, je lui laisserais quelque chose à manger.

Je décidai de préparer du steak et des pommes de terre pour le dîner, avec des haricots verts. D'habitude, je mange une pizza surgelée ou un truc comme ça après une longue journée, mais je voulais veiller à ce qu'elle ait quelque chose de chaud à manger pour son premier jour au ranch. Et puis c'était plutôt agréable d'avoir quelqu'un pour qui cuisiner. De temps en temps, mon ami Scott et sa Petite Hazel venaient me rendre visite mais à par eux et mes garçons de ferme, en général, j'étais tout seul ici. J'allais indiscutablement apprécier la compagnie de Violet.

Au moment même où le steak finissait de cuire, j'entendis un bruit de pas derrière moi.

« Ça sent délicieusement bon, » dit Violet.

Je lançai un coup d'œil derrière moi et dus me retenir de la dévisager. Elle portait une robe d'été bleue qui lui arrivait à mi-cuisse. La jupe était légèrement bouffante, et elle avait un col en dentelle. Elle avait tout à fait l'air d'une Petite. En la voyant, j'eus la gorge sèche. Je m'éclaircis la gorge et me retournai vers les plats que j'étais en train de préparer. « Merci, » dis-je. « J'espère que vous aimez le steak.

— J'aime ça, » dit-elle. « Est-ce qu'il y a quoi que ce soit que je puisse faire pour vous aider ? »

Tout ce que je voulais, c'était qu'elle s'assoie et qu'elle me laisse m'occuper d'elle comme le devrait un Daddy, mais je ne pouvais pas penser comme ça. « Prenez quelque chose à boire et asseyez-vous. Le dîner sera prêt dans quelques minutes.

— D'accord. » Elle prit un gobelet d'eau, et je fus secrètement ravi de voir qu'elle s'hydratait comme il faut. Il pouvait faire très chaud l'été à Knoxville, après tout.

Lorsque le dîner fut prêt, je mis nos assiettes à table. Elle leva les yeux vers moi avec un large sourire qui me réchauffa le cœur. « Merci.

— Avec plaisir, » dis-je. « Alors, qu'est-ce qui vous amène dans une petite ville comme Knoxville ? Je crois que vous avez dit dans vos e-mails que vous étiez une artiste. Est-ce que vous êtes venue chercher l'inspiration ? »

Elle secoua la tête. « Non, en fait je suis illustratrice de bande dessinée. Donc je ne suis pas vraiment là pour l'inspiration. Simplement pour me mettre au vert quelque temps. » Elle se mordit la lèvre. Je me demandai si elle avait des ennuis. En dehors de ce qu'elle m'avait dit dans ses e-mails et de ce que m'avait appris la vérification de ses antécédents, je ne savais pas grand-chose sur elle. Mais quelque chose me dit de ne pas insister. « C'est chouette, » dis-je. « Quelles bandes dessinées ? Il y a des personnages que je connais ? »

Elle secoua la tête avec un sourire. « Probablement non, à moins que vous ne vous intéressiez vraiment à la BD. Je suis la cocréatrice et la principale illustratrice de L'Ange de la Nuit. Elle est le Dr Debra Davenshire la journée, et la nuit, elle combat le crime. Elle est encore plutôt méconnue, mais elle a accumulé quelques adeptes qui la suivent. Suffisamment de lecteurs pour qu'on puisse continuer la BD, heureusement. J'aime vraiment beaucoup travailler sur ses histoires. » À mesure qu'elle parlait, son visage s'illuminait. Je voyais bien que ce qu'elle faisait la passionnait vraiment.

« C'est impressionnant, » dis-je. « J'aimerais beaucoup lire certaines de ces BD un de ces jours.

— C'est vrai ? » Elle parut sincèrement surprise.

« Bien sûr. Pourquoi pas ? »

Elle haussa les épaules. « J'en sais rien. Elle n'est pas très connue, après tout. » Elle évita mon regard. Quelque chose me dit que nous nous approchions à nouveau d'un sujet sensible. Elle leva de nouveau les yeux vers moi, l'air tendu mais avec un large sourire. « Ce doit être vraiment chouette d'avoir son propre ranch. Qu'est-ce que ça fait ? »

Les mots sortirent de ma bouche avant que je n'aie eu le temps d'y réfléchir à deux fois. « Et si je vous montrais ça demain ? »

# 3

Violet

J'avais hâte de voir ce que Jesse faisait au ranch, même si passer du temps avec lui devenait de plus en plus dangereux. Plus je passe du temps avec lui, plus il m'attire. Mais ce qui est encore pire, c'est à quel point on est passés près d'aborder des sujets dont je n'ai pas envie de parler hier soir. Comme la raison pour laquelle je me cache à Knoxville, justement.

Je me levai à cinq heures et demie. J'enfilai un jean et un T-shirt. Heureusement, le jean était suffisamment ample pour cacher la couche-culotte que je portais. Je ne voulais pas que Jesse sache que j'étais une Petite. Je ne savais pas du tout comment il pourrait réagir en l'apprenant. Normalement, je ne portais pas de couches-culottes, surtout quand je craignais que quelqu'un ne les remarque, mais j'en portais tout le temps ces temps-ci. Elles me procuraient beaucoup de réconfort et j'en avais besoin.

Après m'être habillée, je me traînai jusqu'à la cuisine, le regard vaseux. Il était déjà debout, en train de préparer le petit-déjeuner. Où est-ce qu'il trouvait l'énergie de cuisiner tout ça alors qu'il gérait aussi un ranch ? Je trouvais à peine la force de me préparer de quoi manger devant la télé après une longue journée passée à dessiner.

« Bonjour, » dit-il en me souriant tandis qu'il déposait une assiette d'œufs au bacon sur la table. « Vous voulez du café ? » Il but une gorgée du sien.

« Oui, s'il vous plaît, » dis-je. « Sans café, je peux devenir grincheuse.

— Et moi donc. » Avec un large sourire, il sortit une autre tasse. « Mangez, » dit-il tout en servant le café. « Vous allez avoir besoin de toutes vos forces aujourd'hui. »

Je n'avais jamais faim d'aussi bonne heure, mais je le croyais quand il disait que j'allais avoir besoin de mes forces. Aussi me forçai-je à manger avant de boire le café. « Depuis combien de temps est-ce que vous êtes debout ? » Est-ce qu'il avait seulement dormi ?

« Ça ne fait que vingt minutes, à peu près, » dit-il. « Juste le temps de préparer le petit-déjeuner et le café.

— Vous faites ça tous les jours ? » Je n'arrivais pas à l'imaginer.

Il eut un large sourire. « Ouais, mais j'ai toujours été du genre à me lever tôt. Même quand j'étais combattant, j'aimais bien me lever aux aurores pour m'entraîner. Voir le soleil se lever, ça rendait toujours même les sessions d'entraînement les plus brutales plus agréables.

« Vous étiez combattant ? Genre, boxeur ?

— En fait, je pratiquais les arts martiaux mixtes. J'ai pris ma retraite il y a quelques années. »

J'eus un large sourire. « C'est trop chouette ! » Jesse avait déjà eu deux métiers intenses. Qu'est-ce qu'il aurait seulement pensé s'il en avait su davantage à propos du mien ? J'adorais travailler sur L'Ange de la Nuit, mais ce n'était rien comparé à ce qu'il faisait tout le temps.

Après le petit-déjeuner, nous attaquâmes la journée. Il me conduisit d'abord aux écuries. L'un des boxes contenait un superbe cheval gris qui vint nous voir dès que nous entrâmes. « Voici Dolly, » dit-il en caressant le nez de la jument. « Elle est adorable. Et c'est elle que j'utilise quand je donne des cours d'équitation. Vous êtes déjà montée à cheval ? »

Mon impatience grimpa à cette idée. « Je suis montée à dos de poney une fois. Jamais à cheval. »

Il sourit. « Eh bien, c'est un peu pareil. Ne vous en faites pas, on va y aller doucement, d'accord ? » Il me donna une carotte et m'indiqua comment la présenter à Dolly dans ma main à plat. Elle s'empressa de gober la carotte. Cette sensation me fit glousser.

Jesse emmena Dolly dans la partie principale de l'écurie et l'équipa d'une selle et d'une bride. Il m'expliqua chaque étape du processus tandis qu'il la préparait pour la chevauchée. « Très bien. Je vais aller chercher Alezane, et ensuite on pourra sortir les chevaux pour les monter. »

Je ne pus m'empêcher d'avoir un sourire en coin. « Vous avez baptisé votre cheval d'après la couleur de sa robe ? »

Il m'adressa un large sourire. « Ce n'ai pas moi qui l'ai baptisée, mais quand je l'ai achetée, elle ne répondait à aucun autre nom. »

Il sortit une superbe jument alezane et la prépara comme Dolly. Une fois que Alezane fut prête, nous conduisîmes nos chevaux à l'extérieur. Il m'aida à monter Dolly. J'éprouvai un nouveau frisson d'excitation du fait d'être sur un cheval et ne pus réprimer le large sourire qui fendit mon visage. « Très bien, à présent vous n'avez qu'à tenir les rênes et lui dire d'avancer. Serves-vous des rênes pour la diriger et suivez-moi, d'accord ? » Jesse enfourcha Alezane tout en parlant.

Je hochai la tête. « D'accord. »

Nous chevauchâmes jusqu'à l'étable où il gardait le bétail. En chemin, je regardai le soleil se lever. J'avais toujours été plutôt du genre oiseau de nuit, je voyais donc rarement le lever du soleil, mais Jesse avait raison : c'était magnifique. Je comprenais pourquoi il aimait tellement ça.

Tandis que Dolly marchait lentement à sa suite, Jesse conduit le bétail jusqu'à un pré. Je finis par le regarder plus que le bétail. Sa façon de se mouvoir était vraiment gracieuse. Il menait Alezane sans effort tandis qu'il conduisait les bêtes dans leur pré. Une fois qu'ils y furent enfermés, il s'approcha de moi au trot. « À présent, on n'a plus qu'à faire un tour rapide pour vérifier que tout est en bon état, » dit-il. « Notez les clôtures cassées et les trucs dans ce genre-là. »

Je hochai la tête. « Ça me va. Je ne vous ralentis pas, si ? »

Il m'adressa un large sourire. « Peut-être un peu, » reconnut-il. « Mais je préfère y aller doucement plutôt que vous vous blessiez. Et c'est agréable d'avoir de la compagnie pour une fois. »

Quelque chose me dit qu'il le pensait et qu'il ne disait pas seulement ça pour être poli. Cette idée me rendit heureuse. J'avais envie qu'il apprécie ma compagnie.

Le tour du domaine à cheval fut agréable et relaxant. Nous ne parlâmes pas beaucoup, mais appréciâmes plutôt le silence. Ça, ça me plaisait bien. Discuter de tout et de rien, c'était sympa, mais c'était épuisant au bout d'un moment. J'étais contente de ne pas éprouver le besoin de combler le silence avec Jesse.

Lorsque nous terminâmes notre patrouille, il était dix heures du matin. « En général, je fais une pause et je mange un morceau avant de m'attaquer au nettoyage de l'étable et des écuries, » dit Jesse alors que nous retournions aux écuries pour desseller les chevaux. « Cette partie-là est beaucoup moins intéressante, alors je ne vous en voudrais pas si vous vouliez vous arrêter là. Et puis je suis sûr que vous avez vous aussi du travail auquel vous atteler. »

Je me mordis la lèvre en pensant à mon boulot. J'étais en retard, mais je n'étais pas sûre d'avoir envie de m'y confronter pour l'instant. Hier, après m'être installée dans ma chambre, j'avais essayé de bosser dessus, mais le simple fait de le regarder m'avait remplie d'angoisse. « J'ai envie de vous aider, » dis-je. « Je trouve ça intéressant. Et puis, quand j'étais plus jeune, je voulais un cheval mais mes parents ont dit non parce que c'est beaucoup de travail. Je veux voir si c'est si dur que ça. »

Il me regarda de la tête aux pieds comme pour me jauger avant de hocher la tête. « Très bien, » dit-il. « Dans ce cas, allons déjeuner vite-fait, et ensuite, on s'y met. »

**4**

---

Jesse

APRÈS AVOIR RAPIDEMENT AVALÉ DES SANDWICHES AU poulet et à la salade pour le déjeuner, j'expliquai à Violet comment nettoyer les boxes puis l'étable. En dehors d'un léger froncement de son nez lorsqu'elle avait commencé à ramasser le fumier des chevaux, elle ne montra aucun signe d'aversion pour ce travail. Je fus franchement impressionné, surtout de la part d'une citadine comme elle. Elle parvint à me suivre dans les diverses tâches jusqu'au coucher du soleil, lorsque vint l'heure de rentrer le bétail.

Violet s'étira les bras en poussant un petit gémissement. Je m'efforçai de ne pas remarquer la manière dont ce geste souleva légèrement ses seins.

« Vous n'avez qu'à rentrer le temps que j'aille chercher les vaches, » dis-je. « Vous avez beaucoup travailler aujourd'hui et vous aurez probablement assez de courbatures comme ça demain. Prenez un bain chaud et reposez-vous. Je rentrerai d'ici environ deux heures, et à ce moment-là, je pourrai nous préparer un dîner vite-fait.

— Je vais préparer le dîner, » dit Violet. « C'est le moins que je puisse faire, maintenant que vous m'avez fait visiter. En plus, je vous ai sacrément ralenti ce matin. »

L'idée d'avoir un dîner prêt pour moi quand je rentrerais était trop tentante, même si je me sentais un peu coupable de laisser Violet cuisiner pour moi. J'avais envie de m'occuper d'elle, après tout. Pas l'inverse. Je hochai la tête. « Merci, » dis-je en souriant. « J'apprécie. Il y a quelques pizzas surgelées là-dedans si vous voulez faire quelque chose de simple. Sinon, si vous voulez laisser libre cours à votre créativité, ne vous gênez pas pour utiliser ce que vous trouverez. »

Elle hocha la tête. « Parfait, on se voit dans quelques heures. » Elle m'adressa un bref sourire avant de filer en direction de la maison.

Je m'aperçus que je souriais aussi. L'enthousiasme de Violet était contagieux. Il me rappelait ce que j'avais ressenti la première fois que j'étais monté à cheval et à quel point ça me rendait content. En plus, elle était absolument adorable.

Plus je passais de temps avec elle, plus j'avais envie d'être son Daddy. Mais c'était un jeu dangereux. J'ignorais si elle savait seulement ce que signifiait être une Petite. Sans parler du fait que mes journées de boulot étaient longues. Ç'aurait été pratiquement impossible pour moi de m'occuper correctement d'une Petite.

Une fois que les vaches furent enfermées dans l'étable

et que Dolly et Alezane furent au box, en train de manger joyeusement, je rentrai, en m'attendant à sentir l'odeur d'une pizza en train de cuire dans le four. Au lieu de quoi, j'entendis la voix tendue de Violet me parvenir depuis la cuisine. « J'y travaille, c'est promis, » disait-elle. « Je sais que je suis en retard mais j'ai dû déménager. Les dessins seront bientôt prêts. Non, je ne sais pas quand exactement. Mais bientôt. » Elle soupira. « Non, tu sais à quel point ce boulot compte pour moi. Je ne compte pas me laisser intimider par toi ni par une bande de trolls sur internet. Ils seront prêts, c'est promis. »

Lorsque j'entrai dans la cuisine, elle avait raccroché mais elle tenait sa tête entre ses mains. « Qu'est-ce qui ne va pas, Violet ? » demandai-je en entrant.

Elle leva brusquement les yeux, puis détourna le regard. « Rien. Ça va.

— Non, ça ne va pas. De toute évidence, vous avez des ennuis, sinon vous n'auriez jamais déménagé ici pour commencer. Et puis de toute évidence, vous êtes contrariée, et sans vouloir m'avancer, je dirais que vous évitez votre travail alors que vous faites quelque chose que vous adorez. Dites-moi ce qui ne va pas. »

Elle baissa les yeux, et parut tout à coup épuisée. « Je n'ai plus d'ennuis à présent, » dit-elle.

Je m'approchai d'elle et posai mes mains sur ses épaules. Elle n'eut aucun mouvement de recul, ce qui me rendit heureux malgré les circonstances. « Racontez-moi, » dis-je avec douceur.

Elle soupira. « Bon, je vous ai parlé hier soir de L'Ange de La Nuit, la BD à la création de laquelle je participe.

C'est un personnage peu connu, mais elle a gagné un certain public, ce qui est énorme pour une super-héroïne qui n'est pas du tout sexualisée. Et l'an dernier, j'ai cru avoir fait une énorme percée lorsqu'une plate-forme de diffusion a voulu la mettre en scène dans une série d'animation pour enfants. J'avais vraiment hâte de voir ma création à l'écran. Mais quand l'annonce a été faite, il y a eu beaucoup de réactions négatives. Beaucoup de fans voulaient qu'un super-héros plus célèbre soit choisi. Beaucoup d'hommes en particulier étaient furieux que leurs super-héros d'enfance préférés soient évincés au profit d'un personnage féminin méconnu. »

Elle me lança un bref coup d'œil, comme si elle essayait de jauger ma réaction. Je me rappelai sa surprise lorsque j'avais dit que je voulais en lire davantage sur L'Ange de la Nuit. À présent, je comprenais pour quoi. Je lui indiquai de continuer d'un hochement de tête.

Violet soupira. « J'ai commencé à recevoir des e-mails et des messages méchants sur les réseaux sociaux. Je les ai ignorés au début, mais ils sont devenus de pire en pire. La plate-forme de diffusion a fini par annuler la série à cause de cette mauvaise presse — c'est une petite plate-forme avec un petit budget pour les séries originales, et ils sont uniquement financés par leurs revenus publicitaires. Ils ne pouvaient pas se permettre de dépenser beaucoup d'argent pour une série dont le succès n'était pas garanti. Mais même après son annulation, j'ai continué de recevoir de la haine. Et il y a deux semaines, j'ai reçu une menace de mort qui comprenait une capture d'écran de mon adresse. » Elle croisa ses bras sur sa poitrine comme si elle essayait de se protéger. J'eus le cœur lourd, tandis que mes poings se serraient de colère. Elle souffrait simplement parce que des gamins idiots ne voyaient pas leurs caprices satisfaits pour une fois dans leur vie. Je détestais être témoin de ça. Ce n'était pas juste, loin de là.

Avant même d'avoir eu le temps de me raviser, je la pris dans mes bras et la serrai fort contre ma poitrine. Elle passa ses bras autour de ma taille et me rendit mon étreinte. Son corps tout entier frissonnait, mais je savais que ce n'était pas dû au froid. J'aurais voulu pouvoir faire quelque chose — n'importe quoi — pour lui remonter le moral. « C'est pour ça que je suis venue ici, » dis-je. « Pour votre sécurité. »

Elle hocha la tête avant de reculer pour lever les yeux vers moi. « Seul mon patron sait où je suis, » dit-elle. « Mon adresse permanente est désormais une boîte postale à Queensville et j'ai supprimé tous mes comptes sur les réseaux sociaux. Du coup, personne ne devrait faire le lien entre vous et moi et vous ne devriez pas vous faire harceler à cause de moi. »

Je la regardai, surpris. J'avais pensé à tout sauf au fait de me faire harceler. « Croyez-moi, après avoir été combattant de MMA, les imbéciles, je sais ce que c'est, » dis-je. « Et puis, si c'est pour vous protéger, je serai ravi de m'occuper de tous les connards qui voudraient s'en prendre à moi. »

Elle me regarda, les sourcils froncés. « Mais pourquoi ? » dit-elle. « Qu'est-ce que ça peut bien vous faire ? Vous me connaissez à peine. »

Comment est-ce que j'étais censé lui dire que je la

trouvais foutrement irrésistible ? Et que tous les instincts de mon corps me hurlaient de la protéger et de m'occuper d'elle en tant que son Daddy ? Je ne pouvais pas le lui dire. Elle avait de bonnes raisons de s'inquiéter pour sa sécurité. Si elle restait avec moi, je pourrais la protéger de tous les connards qui essaieraient de mettre leurs menaces de mort à exécution. Mais si je lui disais ce que je ressentais vraiment, elle risquait de partir. Et potentiellement de se retrouver à nouveau en danger. « Je sais que vous êtes quelqu'un de bien, » dis-je enfin. « Et vous n'avez pas mérité ce qui vous est arrivé. Et puis, vous n'avez qu'à demander à n'importe quelle personne qui me connaît, et elle vous dira que j'ai un petit côté protecteur qui n'est pas si petit que ça. » Je lui souris avec douceur, dans l'espoir de la rassurer. « Je veux que vous vous sentiez en sécurité ici. Et je veux aussi que vous sachiez que vous pouvez tout me dire — absolument tout. »

Elle sourit en réponse, ce qui me réchauffa le cœur et me donna un peu plus d'audace. « Et si après le dîner, vous me montriez un peu votre travail ? Et je pourrai vous tenir compagnie pendent que vous dessinerez. Si ça vous pèse vraiment trop, vous pourrez le mettre de côté, mais si ce n'est pas le cas, alors j'aimerais vous aider jusqu'à ce que ça ne vous angoisse plus autant. »

Elle se mordit la lèvre puis hocha la tête. « D'accord, » dit-elle. « Ça me va. Peut-être que ce sera plus facile de travailler dessus si je ne suis pas seule dans la pièce. »

J'écartai doucement une mèche folle de son visage. « J'espère. Je veux faire tout ce qui est en mon pouvoir pour vous aider. » Je m'aperçus que je la serrais toujours contre moi et m'écartai en reculant d'un pas. Il fallait que je mette un peu de distance entre nous avant de faire quelque chose d'idiot et de tenter de l'embrasser. « Je vais nous faire de la pizza, d'accord ? Vous n'avez qu'à vous faire une tisane pour vous calmer et aller vous blottir sur le canapé. Je vous apporterai de la pizza quand elle sera prête. »

Elle m'adressa un adorable petit sourire. « D'accord. Merci, D — merci. »

Je me figeai. Impossible qu'elle ait failli m'appeler Daddy. Pas vrai ?

**5**

———

Violet

JE N'ARRIVAIS PAS À CROIRE QUE J'AVAIS FAILLI FAIRE ÇA. J'avais failli l'appeler Daddy. Certes, il se montrait ferme et protecteur, exactement comme un Daddy, et il me donnait le sentiment d'être à l'aise et en sécurité. Mais ça ne signifiait pas qu'il avait envie d'être mon Daddy. Bon sang, je ne savais même pas s'il menait ce style de vie. Le seul fait qu'il se montre protecteur envers moi ne signifie rien.

Je poussai intérieurement un grognement. La situation serait rapidement devenue gênante si je l'avais accidentellement appelé comme ça.

Après le dîner, je montai chercher mon matériel de dessin pendant que Jesse attendait au salon. Je le trouvai assis sur le canapé, adossé au dossier. Il me suivit du regard tandis que je descendais l'escalier et je sentis mes joues s'échauffer tandis qu'une bouffée d'impatience me traversait. J'adorais qu'il me regarde. Parfois, le regard qu'il posait sur moi était presque celui d'un prédateur. Ça me donnait le sentiment d'être toute petite et soumise.

Mais il fallait que je chasse ces idées. Sinon, les six mois à venir allaient être gênants.

Je posai mon portfolio contenant quelques-uns de mes sketches et de mes concepts sur la table et l'ouvris. « Voici l'Ange de la Nuit, » dis-je en lui montrant la première page. « Et voici de quoi elle a l'air quand elle est à son boulot normal. »

Jesse les parcourut, un léger sourire aux lèvres. « Ces dessins sont incroyables, » dit-il. « Ils sont absolument parfaits. Je la vois pratiquement bouger sur la page. »

J'examinai son visage, à la recherche du moindre soupçon de moquerie ou de sarcasme, mais il n'y en avait aucun. Après des mois passés à affronter des trolls sur internet, ça faisait presque bizarre de voir quelqu'un s'intéresser sincèrement à mes dessins et en être impressionné. Ça me réchauffait le cœur.

« Sur quoi est-ce que vous travaillez, en ce moment ? » demanda-t-il.

Je sortis mon carnet de croquis et reportai mon attention sur mon travail actuel. « Je croque les planches de ces deux volumes qui ont déjà été écrits. Mais le travail sur lequel j'ai vraiment le plus de retard, c'est l'encrage pour le prochain volume. »

Je me tournai pour lui montrer les pages qui attendaient d'être encrées. Elles avaient un aspect beaucoup plus fini que mes croquis grossiers, car la couleur de base était déjà en place. À présent, il ne restait plus qu'à faire l'encrage et les ombres et elles seraient prêtes.

Il les passa en revue puis hocha la tête. « Combien est-ce que vous pensez pouvoir en faire ce soir pour éprouver un sentiment d'accomplissement sans être saturée ? »

J'y réfléchis un instant. « Je pense que si je finis d'encrer trois pages ce soir, je me sentirai mieux. En plus, j'aurai une véritable avancée à annoncer à mon patron.

— Parfait, » dit-il. « Dans ce cas, je veux que vous vous y mettiez tout de suite. Après chaque page, vous pourrez prendre une pause de dix minutes, mais à moins que ce soit vraiment trop pour vous, je veux que vous bossiez là-dessus. Vous pouvez faire ça pour moi ? »

J'éprouvai une nouvelle montée de plaisir. C'était agréable qu'il prenne le contrôle. Je voulais qu'il prenne le contrôle de tout. Et je savais que j'allais devoir lui rendre des comptes. Je hochai la tête. « Carrément. »

Il sourit. « Gentille fille. »

Mon cœur manqua un battement. Ces deux mots-là étaient les plus agréables que j'eusse jamais pu entendre. Comment avait-il eu l'idée de les prononcer ? Savait-il à quel point j'avais envie d'être une gentille fille pour lui ?

Jesse détourna les yeux, l'air soudain un peu gêné. Il s'éclaircit la gorge. « J'ai de la paperasse à faire de toute façon. Je vais aller la chercher dans mon bureau et on pourra travailler ensemble au salon. Après la première page, je veux que vous me montriez, d'accord ? »

Je hochai la tête, et sentis un sourire me monter au visage. « D'accord, » dis-je. Ma voix était plus aiguë que d'habitude et je sus que je venais d'employer ma voix de Petite. Son regard parut s'embraser en entendant ma réponse.

Tandis qu'il allait chercher son travail, j'étalai mes dessins sur la table basse et m'assis par terre. Je sortis ma trousse de plumes d'encrage et me mis au travail.

En me mettant à encrer, je sentis l'angoisse s'emparer à nouveau de moi. Ça ne me semblait pas assez bon. Et une fois que l'encrage et les ombres seraient terminés, alors il y aurait un nouveau volume à soumettre aux moqueries des gens.

Mais mes dessins plaisaient à Jesse. Il voulait les voir terminés. Il voulait que je réussisse.

Je m'accrochai à cette idée. Je savais qu'il n'était pas mon Daddy, mais le fait de lui faire plaisir me motivait. Peut-être que ça suffirait à me sortir de cette période creuse. J'allais devoir chasser mon petit béguin plus tard. Mais pas pour l'instant. Pour l'instant, j'en avais besoin.

Je posai la plume sur le papier et me mis à encrer la première planche. J'inspirai profondément tout en travaillant, pour réprimer ma panique. J'entendis des bruits de pas, puis sentis la présence de Jesse lorsqu'il entra dans la pièce, un ordinateur portable à la main. Je me détendis dès qu'il fut rentré. Le simple fait de l'avoir près de moi me détendait. « Gentille fille, » dit-il en s'asseyant sur le canapé.

Je sentis un petit sourire illuminer machinalement mon visage en entendant son compliment. Je ne m'en lasserais jamais. Il parut le remarquer et sourit, lui aussi.

Nous travaillâmes un moment ensemble, en silence. En l'ayant à côté de moi, c'était plus facile de travailler, et avant même de m'en être rendu compte, j'avais fait la moitié de la première page. Le seul bruit qu'on entendait était celui de ma plume qui éraflait légèrement le papier et lui qui tapait doucement sur son ordinateur portable. J'eus envie de lui demander ce qu'il faisait au juste comme travail. Il avait dit que c'était de la paperasse, mais je me demandais quelle paperasse il faisait pour le ranch. Je n'avais jamais rencontré de propriétaire de ranch, donc je me posais beaucoup de questions à propos de lui et de son travail. Mais je savais qu'il valait mieux ne pas les poser, du moins pas pour l'instant. Quelque chose me disait que je devrais lui rendre des compte, que ça me plaise ou non.

Enfin, la première page fut terminée. Je tendis les bras en l'air, pour essayer de détendre les nœuds de mes muscles endoloris. Entre l'effort physique d'avoir travaillé au ranch et le fait d'être restée aussi longtemps dans la même position, j'avais l'impression que mes bras étaient raides, presque figés.

Je sentis son regard sur moi, et me tournai vers lui. « J'ai fini la première page, » dis-je de ma voix de Petite. Son regard s'embrasa à nouveau lorsque ma voix de Petite se fit entendre.

« Montrez-moi, » dit-il. Sa voix à lui était plus grave et même un peu rauque.

Je lui tendis la feuille de papier, comme si je lui montrais fièrement un dessin aux crayons de cire. Il la prit prudemment dans ses mains, en veillant à ne pas toucher l'encre de peur de l'étaler. Il l'examina un instant avant de me la rendre. « Vous avez très bien travaillé, » dit-il. « C'est très beau. »

Je rougis. « Merci, » dis-je.

« Vous pouvez prendre une pause de dix minutes pour

vous dégourdir les jambes et aller aux toilettes. Mais ensuite, je veux que vous me fassiez une autre page, d'accord ? »

Je hochai la tête. « Oui. » Daddy. J'avais tellement envie de le dire.

Il sourit avec douceur. « Gentille fille. »

Je m'étirai et me fis une tasse de thé. Sur un coup de tête, j'apportai un verre d'eau à Jesse. Il me regarda d'un air surpris lorsque je le posai devant lui sur la table. Il travaillait toujours. Il n'avait pas encore pris de pause. « Il faut que vous preniez soin de vous, vous aussi, » dis-je.

Il sourit. « Vous avez raison. Merci. » Il poussa son ordinateur portable pour pouvoir boire son eau. Nous finîmes par discuter un peu pendant la pause mais dès que les dix minutes furent écoulées, il me fit me remettre au travail.

À mesure que la soirée passait, mes paupières devenaient de plus en plus lourde. Tenir le rythme demandait beaucoup de travail. C'était vraiment dur de faire tout ça dans les temps. Mais je savais qu'il fallait que je le fasse. Je voulais rendre Jesse fier de moi.

Lui-même avait l'air exténué. De temps à autre, je lui lançais des coups d'œil pile au moment où ses yeux se fermaient d'épuisement. Je doutais qu'il se couchât jamais tard, avec un ranch à gérer. C'était vraiment gentil de sa part de veiller avec moi.

Lorsque j'arrivai à la troisième page, il était déjà profondément endormi sur le canapé. J'aurais pu arrêter de travailler à ce moment-là et il n'en aurait jamais rien su, mais je savais que je n'avais pas envie de faire ça. Je voulais qu'il soit fier de moi. Et puis, il fallait bien que je fasse mon boulot de toute façon. Je persévérai donc jusqu'à ce qu'elle soit terminée. Dès que je fus satisfaite de la dernière vignette, je posai ma plume et remuai les doigts pour essayer d'en soulager les crampes. Ils étaient aussi raides et fatigués que le reste de mon corps.

Je regardai Jesse, qui dormait profondément. Il s'était allongé sur le canapé, la tête sur l'un des accoudoirs. Ça n'avait pas l'air très confortable. En fait, il paraissait un peu trop grand pour le canapé et il était évident qu'il aurait un torticolis en se réveillant. J'éprouvais une pointe de culpabilité en sachant qu'il aurait des courbatures demain matin à cause de moi. Parce qu'il essayait de faire en sorte que je reste responsable.

Je filai jusqu'à ma chambre et pris la couverture en patchwork sur mon lit, ainsi qu'un oreiller. Je me précipitai en bas et jetai la couverture sur lui avant de glisser l'oreiller sous sa tête. Je souris, satisfaite. J'espérais que comme ça, il serait un peu plus à l'aise.

Je m'aperçus que je n'avais pas envie de le quitter pour la nuit. J'avais envie de rester dans la même pièce que lui. Même lorsqu'il dormait, sa présence me donnait l'impression d'être en sécurité. Je montai donc à l'étage pour aller chercher un autre oreiller une couverture, et je redescendis. Je me roulai en boule par terre à côté de lui et m'endormis rapidement.

**6**

---

Jesse

Je me réveillai en poussant un grognement, surpris de me réveiller sans entendre d'alarme. Je m'assis dans un sursaut, craignant d'avoir trop dormi, mais me détendis en voyant qu'il faisait toujours nuit dehors. Mais je n'étais pas dans mon lit.

Dans mon état embrumé par le soleil, je mis un instant à trouver où j'étais. J'étais sur le canapé, et couvert d'une couverture en patchwork. J'entendis un léger soupir et m'aperçus que je n'étais pas seul dans la pièce.

Je me levai prudemment, et allai allumer une lumière. Violet était roulée en boule par terre à côté du canapé. Ses trois pages de travail étaient toutes terminées et étalées sur la table basse. Mon cœur se serra face à cette scène. Elle paraissait si petite et vulnérable. Pourquoi était-elle restée avec moi ? Et d'ailleurs, pourquoi m'avait-elle donné la couverture de son lit ?

Je savais que je ne pouvais pas la laisser comme ça. Aussi m'agenouillai-je doucement à côté d'elle et la soulevai-je. Elle remua légèrement dans mes bras. « Daddy ? » marmonna-t-elle d'une voix somnolente.

Je me mis à bander en entendant ça. Donc je n'avais pas rêvé. Elle avait bien failli m'appeler Daddy hier soir. Tout ça semblait trop beau pour être vrai. Bien sûr, à cet instant, elle dormait profondément et ne savait pas ce qu'elle disait. Peut-être qu'elle rêvait profondément de quelqu'un d'autre. « Tout va bien, bébé, » lui murmurai-je. « Je t'emmène seulement au lit, d'accord ? Je vais te border pour que tu sois bien à l'aise. »

J'entrai dans sa chambre et la déposai doucement sur son lit avant de la couvrir. Elle se roula en boule sur le côté, et son pouce se glissa dans sa bouche tandis qu'elle dormait.

Je regardai autour de moi et vis un petit ours en peluche au pied du lit. Je souris et l'attrapai pour le glisser à côté d'elle dans le lit. « Je suis très fier de toi, bébé, » dis-je avec douceur. « Tu as été bien sage hier soir. Tu as fait tout ce que tu avais à faire. Daddy est très fier de toi. »

Heureusement, elle resta endormie, profondément plongée dans son rêve. J'espérais que mes paroles parviendraient quand même, d'une manière ou d'une autre, à son inconscient, et lui apporteraient un peu de réconfort. Je souris avant de me lever pour partir.

Impossible que j'arrive à lui résister, maintenant. Elle m'avait appelé Daddy. C'était seulement dans son sommeil, mais tout de même. Je n'allais pas arriver à l'oublier.

Je descendis pour faire du café et me réveiller. Tandis que je descendais, m'éloignant ainsi de la Petite qui accaparait mon attention, profondément endormie dans son lit, je réalisai à quel point j'avais mal au cou et aux épaules. L'époque était lointaine où je m'endormais n'importe où et me réveillais frais comme une rose. Je commençais à me faire bien trop vieux pour dormir sur le canapé comme ça. Mais ça en valait la peine si c'était pour lui tenir compagnie toute la nuit. Et elle avait atteint son objectif d'encrer trois planches, donc de toute évidence, ça avait fonctionné, au moins un peu.

J'allai dans la cuisine et allumai la cafetière. L'odeur du café se répandit dans l'air, et jamais elle ne m'avait semblé si agréable.

Tandis que je me mettais deux tranches de pain à griller, mon téléphone sonna. Je fronçai les sourcils en me demandant qui pouvait bien m'appeler à une heure pareille. Mais je me détendis en comprenant que c'était seulement mon frère, Gabe. Il était pilote de ligne et oubliait parfois sur quel fuseau horaire il se trouvait. Je décrochai le téléphone. « T'as une idée de l'heure qu'il est ? » demandai-je.

« Euh, il est dans les onze heures du soir là où je suis, » dit-il. « Et toi ?

— Cinq heures du matin, » dis-je avec un large sourire. « T'as de la chance que je me lève tôt.

— Sans blague. Comment tu fais pour arriver à te lever si tôt tous les jours ?

— Comment tu fais pour arriver à être si souvent

décalé alors que tu changes tout le temps de fuseau horaire ?

— C'est pas faux. » J'entendis le sourire dans sa voix. « Je voulais juste te dire que je serai en ville pour deux semaines dans un mois environ. J'adorerais rattraper le temps perdu avec toi face à face pour une fois.

— Ce serait chouette. Mais la chambre d'amis est occupée en ce moment. Tu vas devoir dormir sur le canapé. »

Il éclata de rire. « Quoi, tu ne veux pas que ton frère dorme dans ta chambre ? Ce sera comme au bon vieux temps.

— Oh, tu veux dire la bonne vieille époque où tu me réveillais avec tes ronflements ?

— J'ai jamais ronflé. T'as rêvé, c'est tout.

— C'était toutes les nuits pendant cinq ans. Personne ne fait de rêves aussi constants.

— Enfin, bref, qui loge dans ta chambre d'amis ? T'as trouvé quelqu'un qui accepte de la louer ?

— Figure-toi que oui. Pour les six prochains mois. Elle s'appelle Violet.

— Une femme ? Ça m'étonne que tu ne l'aies pas faite fuir dès qu'elle t'a vu. »

Je grimaçai en me rappelant la première fois qu'elle m'avait vu. Qui savait ce qu'elle avait pensé en me voyant torse nu, en train de ramasser le fumier des boxes ? Sans parler du fait que j'avais été en retard pour l'accueillir. « Elle n'a pas peur de moi, en réalité. En fait, peut-être bien qu'elle commence à être à l'aise avec moi.

— Ah bon ? » Une pointe de curiosité perça dans sa voix.

« C'est dingue, mais il se pourrait bien qu'on se plaise.

— Tant mieux, » dit Gabe. « Il serait temps que tu te cases.

— Tu peux parler.

— J'ai un an de moins que toi, et c'est tout ce qu'il me faut pour t'emmerder et te dire que tu deviens vieux. Mais sérieusement, mec, je suis content pour toi. J'espère que ça va marcher.

— On n'en est pas là. On n'en a pas parlé ni rien. Et ça ne marcherait pas, de toute façon. Je bosse beaucoup, tout le temps. Je ne pourrais pas lui donner l'attention qu'elle mérite. Et je crois que je lui plais, moi aussi. Mais j'en ai pas la certitude.

— Peut-être que tu devrais en discuter avec elle. Tu n'aurais pas mis ça sur le tapis si ça ne te tracassait pas vachement. »

C'était vrai. J'avais besoin d'elle. Je ne voulais même pas m'imaginer sans elle. « J'en sais rien, mon vieux, » dis-je. « Je suis son logeur. Et elle a traversé une rude période récemment. J'ai pas envie de la mettre mal à l'aise.

— Je sais, » dit-il. « Mais si t'as remarqué que tu lui plaisais, alors c'est pratiquement garanti que ton attirance est réciproque. T'as le chic pour ne pas remarquer ce genre de trucs, c'est trop marrant. Souviens-toi de Susan, en seconde.

— M'en parle pas.

— Alors parle-lui. Et puis, si tu ne lui plais pas, c'est qu'elle est dingue. »

Je levai les yeux au ciel. « En voilà, de bien grands mots, de la part de quelqu'un qui n'a pas eu de relation sérieuse depuis plus de cinq ans.

— C'est vrai, » dit-il. L'espace d'un instant, il sembla presque mélancolique. On ne parlait pas souvent de nos relations, mais je me demandais parfois si sa vie de célibataire ne le faisait pas souffrir. « Enfin, bon, passe une bonne journée. Ne sois pas surpris si je me pointe sur le pas de ta porte avec une valise. J'ai hâte de raconter à Violet toutes les histoires gênantes sur toi qui me viendront à l'esprit. »

Je poussai un grognement. « Bonne nuit, Gabe. Et essaie de te reposer un peu, d'accord ?

— Je ne te promets rien. »

Une fois qu'il eut raccroché, je repensai à ce que Gabe avait dit. Et je réalisai qu'il avait peut-être raison. Il fallait que je parle à Violet. Peut-être, je dis bien peut-être, qu'elle voulait vraiment de moi comme Daddy. Et cette idée me paraissait merveilleuse. Mais est-ce que j'allais vraiment trouver le temps de lui accorder l'attention qu'elle méritait ?

7

___________

Violet

JE FUS SURPRISE DE ME RÉVEILLER DANS MON PROPRE LIT, mais je compris ensuite que Jesse m'avait probablement portée jusqu'à l'étage ce matin. Je rougis un peu en y pensant.

Je ne le vis pas pendant la majeure partie de la journée. Je savais qu'il devait probablement être dehors en train de travailler. Je m'obligeai à me concentrer sur mon boulot, moi aussi. Il fallait que je rattrape mon retard. Et peut-être que si je terminais et que James n'était pas trop fatigué en rentrant, on pourrait faire un truc ensemble, comme regarder un film ou quelque chose comme ça.

Vers dix-huit heures, je descendis pour lui préparer le dîner. Ce n'était que justice, vu que je lui avais proposé de faire à dîner la veille mais ne m'y étais pas tenue. Je regardai dans le frigo et trouvai des blancs de poulet que je pourrais faire frire, ainsi que quelques légumes que je pourrais mélanger pour en faire une salade en accompagnement, et je me mis en cuisine.

Tandis que je cuisinais, j'entendis la porte s'ouvrir en grinçant, puis Jesse fit son apparition dans la cuisine. « Ça sent bon, » dit-il.

Je me retournai pour lui sourire tout en faisant frire le poulet. « J'espère que vous avez faim, » dis-je.

« J'ai toujours faim après le boulot, » dit-il. Il m'examina. « Qu'est-ce que tu as fait aujourd'hui ?

— J'ai travaillé aussi. » Je lui adressai un sourire timide. « J'ai fini le reste de l'encrage pour ce volume. »

Il eut un large sourire. « C'est formidable. Je suis fier de toi, bébé. Je suis vraiment fier de toi. »

Je sentis la rougeur me monter au visage en l'entendant m'appeler comme ça. Mon esprit se vida. Qu'est-ce que j'étais censée répondre à ça ? Absolument rien ne me venait à l'esprit.

Il sembla m'examiner, à la recherche d'une réaction, avant de baisser les yeux. « J'ai un petit aveu à te faire, » dit-il. « Ce matin, je t'ai portée jusqu'à ta chambre, et tu m'as appelée d'une certaine manière. Tu te rappelles comment ? »

J'eus la gorge sèche. Je ne m'en souviens pas du tout. Mais quelque chose me disait que je savais précisément comment je l'avais appelé. Je secouai la tête.

« Tu m'as appelé Daddy. »

Merde. Tout en le dévisageant, je fis mentalement la liste de ce que je devais faire pour déménager à nouveau. Impossible qu'il veuille de moi ici après ça. Il n'avait pas dû en revenir. Merde. J'allais devoir aller dans un hôtel ou un truc comme ça pour la nuit, et je venais juste de me mettre au boulot.

Son regard balaya rapidement mon visage, comme s'il essayait de lire dans mes pensées. À en juger par ses sourcils froncés, il n'y arrivait pas. « Je sais que tu dormais, » dit-il.

« Si tu aimerais mieux qu'on n'en reparle plus, je comprends. Mais ça m'a plu de t'entendre dire ça.

— C'est vrai ? » J'avais de nouveau ma voix de Petite. « Ça t'a plu ? »

Il fronça encore plus les sourcils. « Est-ce que ça te fait peur ? »

Je secouai la tête. « Pourquoi est-ce que ça me ferait peur ?

— Parce que tu dormais et que tu n'as pas voulu dire ça. Tu n'avais pas vraiment envie de me dire ça, à moi. Et je veux que tu te sentes à l'aise et en sécurité, pas que tu aies peur. Surtout pas de moi.

— J'ai pas peur de toi, » dis-je. Je me sentais tellement en sécurité avec lui, je ne pouvais même pas imaginer avoir peur de lui. « Je me sens à l'aise avec toi. Et hier soir, tu t'es montré si doux mais si ferme avec moi... ça a fait ressortir la Petite en moi. » Je baissai la tête, soudain timide en sa présence. « Je ne suis pas très douée pour le cacher. J'avais peur que tu trouves ça bizarre.

— Non, bébé, » dit-il avec douceur. « Rien ne pourrait être plus éloigné de la vérité. »

Je lui souris, soulagée. « Tant mieux. Je suis contente.

« Est-ce que des gens t'ont fait te sentir coupable d'être

une Petite ? » Il fronça de nouveau les sourcils. Il avait l'air d'être prêt à tabasser quiconque aurait osé me critiquer.

« Pas vraiment, » dis-je. « La plupart des hommes avec qui j'ai été ne comprennent pas, c'est tout. Quand mon troisième petit copain a trouvé ça tellement bizarre qu'il m'a plaquée à cause de ça, j'ai arrêté de le dire aux gens. »

Un éclair de colère passa dans ses yeux. « Tu n'as aucune raison d'avoir honte, » dit-il. « Tu es une Petite. Tu veux qu'un Daddy s'occupe de toi. Il n'y a rien de mal à ça. »

Je me mordis la lèvre. Tout ça semblait si incroyable, et bien trop beau pour être vrai. Je n'arrivais pas à croire qu'il veuille que je sois sa Petite. Je n'avais jamais eu de Daddy avant mais je savais que Jesse serait le Daddy parfait.

Il tendit les bras. « Viens là, bébé, » dit-il. « Fais-moi un câlin. »

Avec un large sourire, je me précipitai vers lui et passai mes bras autour de sa taille. Je fus comblée de bonheur. Ses bras m'enveloppèrent et il me serra fort contre lui. Il sentait les balles de foin avec une pointe de sueur, et cet arôme était capiteux. « Je te veux tellement, bébé, » murmura-t-il contre mes cheveux. « Je n'arrivais à penser qu'à toi toute la journée. Tu mérites mieux que moi. Tu mérites quelqu'un qui ne bosse pas toute la journée comme moi. Quelqu'un qui peut t'apporter tout ce que tu veux et toute l'attention dont tu as besoin. Mais je te veux tellement. Je ne pense pas pouvoir rester loin de toi. Pas si tu veux de moi, toi aussi.

— Je te veux, » marmonnai-je contre son torse. « Je te veux tellement, Daddy. »

Il poussa un petit grognement et m'embrassa sur le front avant de se crisper. « Y'a pas un truc qui brûle ? »

Merde. Le poulet. Je m'écartai de lui et filai jusqu'à la cuisinière juste à temps pour sortir le poulet de la poêle. Il était seulement un peu roussi, mais indiscutablement plus que bien cuit. Je regardai Jesse d'un air un peu penaud. « J'espère que ça ne te dérange pas qu'il soit un peu noirci ? » dis-je d'une voix faible.

Il eut un large sourire. « J'adorerai tout ce que tu me feras, bébé. Après cette journée, rien ne gâchera ma soirée, pas même de la nourriture légèrement brûlée. »

**8**

---

Jesse

Je n'arrivais pas à le croire. Elle me voulait vraiment, elle aussi. Elle était à moi. Et moi à elle. C'était parfait.

Après le dîner, nous regardâmes un film sur le canapé pour nous détendre. Violet se blottit contre moi et je lui caressai les cheveux. Étrangement, ça semblait très naturel, et tellement juste. J'avais envie de la tenir ainsi pour toujours.

Lorsque vint l'heure d'aller au lit, j'avais l'intention de la border et de m'en aller pour la nuit. Mais lorsque nous nous arrêtâmes à sa porte, elle me regarda d'un air hésitant. « Est-ce que je pourrais rester avec toi cette nuit, Daddy ? » dit-elle.

« Tu en es sûre ? » Ma voix était rauque de désir. Je désirais plus que tout l'emmener au lit avec moi et m'endormir en l'ayant blottie contre moi.

Elle hocha la tête. « S'il te plaît, » dit-elle. « S'il te plaît, Daddy, je veux dormir avec toi. »

Je poussai un grognement et l'attirai vers moi. « Tu n'auras jamais à me supplier pour ça, bébé, » dis-je tout en levant son visage vers le mien. Mes lèvres furent sur les siennes en un instant. Elles étaient si douces, et si délicieuses. Ses lèvres s'entrouvrirent avec un faible soupir et elle me laissa entrer. Je donnai un petit coup de langue dans sa bouche, pour l'explorer, m'en emparer. Mes mains quittèrent son visage pour descendre le long de son corps jusqu'à ses hanches. Je passai mes bras autour de sa taille et l'attirai contre moi. Ce contact physique me fit bander et je sus qu'elle le sentait, mais ça ne sembla pas la gêner.

Un petit grognement s'échappa de mes lèvres tandis que je m'écartais d'elle, haletant. Je la pris par la main. « Allons, bébé, » dis-je. « C'est l'heure de te mettre au lit. »

Son visage s'illumina d'un large sourire. Je ne me lasserais jamais de son expression ravie lorsque je l'appelais bébé. Elle était si parfaite et adorable. Je n'arrivais pas à croire que des gens l'aient rejeté parce qu'elle était une Petite. Cette seule idée me remplit de colère. Violet était si gentille et attentionnée. Elle méritait tout l'amour et toute l'affection du monde. Ça n'aurait pas dû la surprendre à ce point, que j'aie envie de prendre soin d'elle et de l'appeler ma Petite. Je détestais le fait qu'on se soit ainsi servi d'elle.

Mais c'était fini. Désormais, elle était mienne. Et j'allais faire tout ce qui était en mon pouvoir pour la rendre heureuse.

Une fois que nous fûmes dans ma chambre, elle se laissa tomber sur mon lit et s'étira en soupirant doucement. J'eus un large sourire et grimpai sur elle pour l'embrasser à nouveau. « Dis-moi quand tu voudras que j'arrête, bébé, » dis-je. « J'arrêterai immédiatement, et on ira se coucher. C'est compris ? »

Elle hocha la tête. « Oui, Daddy. » Elle haletait d'impatience.

Je commençai par l'embrasser sur la tempe tout en repoussant ses cheveux pour dévoiler sa joue et son cou. Lentement, je déposai des baisers le long de son cou jusqu'au col de son T-shirt. Mes mains descendirent le long de son corps, effleurant doucement son sein avant de se poser juste sous son T-shirt, sur son ventre. Violet gémit et souleva son bassin à la rencontre du mien. Tandis que je l'embrassais au creux du cou, son souffle se changea en halètements. Elle ferma les yeux et s'abandonna à la sensation. Je souris contre son cou, ravi de la sentir se soumettre à moi. « Tu es sage, » dis-je.

Un petit gémissement s'échappa de ses lèvres. J'adorais les petites réactions qu'elle avait chaque fois que je lui disais ça. Je savais qu'elle voulait être sage pour son Daddy. Et elle l'était. Elle était très sage.

Je remontai doucement son haut et le passai par-dessus sa tête. Elle ne portait pas de soutien-gorge, aussi ses seins furent-ils libérés d'un bond. J'en pris un dans ma paume en coupe tout en passant mon pouce sur le mamelon. Elle poussa un cri tandis que je le titillais en une pointe dure.

Je me penchai pour prendre l'autre mamelon dans ma bouche. Je lui donnai de petits coups de langue, encore et encore, jusqu'à ce qu'elle n'en puisse plus et se tortille au-dessous de moi. « Comme tu es sage, » grondai-je. « Tu es bien sage pour Daddy. »

Je passai complètement le haut par-dessus sa tête avant de m'attaquer à son pantalon. Je posai ma main sur sa cuisse, par-dessus son pantalon, et la serrai doucement. Je levai les yeux vers elle, en m'attendant à ce qu'elle m'arrête et en reste là pour la nuit. Tout ça était si nouveau pour elle, après tout. On ne se connaissait que depuis quelques jours. Peut-être qu'elle n'était pas prête à aller jusqu'au bout. Je ne lui en aurais pas voulu de ne pas l'être.

Mais elle ne m'arrêta pas. Elle avait toujours les yeux fermés et se tortillait toujours, recherchant désespérément mon contact et perdue dans ses sensations. Je glissai ma main sous sa jambe et remontai. Je m'interrompis en sentant le rembourrage caractéristique d'une couche-culotte sous son pantalon. Je me mis à bander encore plus, ce que je ne pensais même pas être possible. « Est-ce que tu portes une couche-culotte, bébé ? » demandai-je.

Elle se mordit la lèvre et ouvrit les yeux en battant des paupières. Un doute passa sur son visage. « Peut-être, » dit-elle prudemment.

Putain. Putain, ce qu'elle était sexy. Son apparence vulnérable suffit à faire disparaître toutes les pensées qui restaient dans mon cerveau. La seule chose à laquelle j'arrivais à penser était le fait de la déshabiller pour regarder son joli petit corps et de la baiser jusqu'à ce qu'elle me crie e continuer.

Mes mains vinrent se poser sur le bouton de son pantalon pour l'ouvrir et le baisser. Sous son jean, elle avait une petite couche-culotte blanche. Je poussai un grognement. « Ce que t'es belle, bébé, » dis-je. « Et t'es tellement mignonne de porter une couche-culotte pour ton Daddy comme ça. »

Elle sourit, l'air soulagé. Avec le temps, j'arriverais à la convaincre qu'elle n'allait pas me faire fuir. En attendant, j'allais me concentrer sur le fait de lui faire autant de bien que possible. Je fis descendre la couche-culotte le long de ses jambes et la jetai plus loin. « Ne t'en fais pas, bébé, Daddy te changera ta couche tout à l'heure, » dis-je. « Mais pour l'instant, je veux que tu fermes les yeux et que tu te détendes. Tu peux faire ça pour Daddy ? »

Elle hocha rapidement la tête. Son bassin recommença à onduler à mes paroles. Je souris, hypnotisé rien qu'en la regardant. Ce qu'elle était belle. Elle était absolument parfaite à tous points de vue. Je n'arrivais pas à croire qu'elle était mienne.

Je lui écartai les jambes et plongeai un doigt entre ses plis glissants. Ce qu'elle mouillait pour moi. Je poussai un grognement en le sentant. Je glissai un droit dans son entrée, et la trouvai prête et avide de moi. Elle aspirait mon doigt, pour ainsi dire. J'ajoutai un autre doigt, et les fis aller et venir.

Elle poussa un gémissement et souleva son bassin, pour essayer de faire entrer mes doigts encore plus profondément en elle. J'eus un large sourire. Elle était indéniablement prête pour moi. « Tu veux ma queue, bébé ? »

Elle hocha la tête. « Oui, Daddy.

— Dis-le, » ordonnai-je.

Elle poussa un petit gémissement aigu. « Je veux ta queue, Daddy. S'il te plaît. »

J'eus un large sourire. « Gentille fille. » Je débouclai ma ceinture et la jetai plus loin avant de déboutonner mon jean et de sortir ma queue. Elle était dure comme la pierre et prête pour elle. Je la caressai une ou deux fois avant d'en placer le bout à son entrée. Je sentis la moiteur chaude de sa chatte et tous les instincts en moi me hurlaient de m'enfoncer en elle et d'aller et venir jusqu'à ce que je sois satisfait. Mais je m'obligeai à y aller lentement tandis que j'entrais en elle. Il fallait que j'y aille doucement avec elle. Il fallait que je veille à ce que ce soit bon pour elle.

Être en elle, c'était tout bonnement divin. J'arrivais tout juste à me contrôler tandis que j'allais et venais lentement dans son trou étroit et humide. « Ce que t'es bonne, bébé, » grondai-je.. « Si foutrement bonne. » Je me penchai pour m'emparer de sa bouche tandis que j'allais et venais en elle, de plus en plus vite.

Je laissai l'instinct prendre le dessus tandis que des vagues de plaisir m'envahissaient. Je déposai des baisers de sa bouche à son cou, tout en écoutant ses petits cris de plaisir et de désir. Ils étaient pour moi une véritable mélodie. Je me mis à aller et venir de plus en plus vite tandis que ma main se glissait entre nos corps jusqu'à son clito. Je titillai son clito de mon pouce, et touchai un point particulièrement sensible qui la fit crier. « Jouis pour moi, bébé, » lui murmurai-je à l'oreille. « Jouis pour ton Daddy. »

Elle gémit et tout à coup, son corps tout entier se figea

tandis qu'elle jouissait. Je sentis sa chatte palpiter autour de moi et cette sensation me fit basculer. J'enfouis mon visage au creux de son cou tandis que je cédais à l'orgasme et jouissais en elle.

Lentement, nous nous remîmes de notre jouissance. Tout ce que j'entendais, c'était le bruit de nos respirations tandis que nous nous efforcions de reprendre notre souffle. Je finis par avoir suffisamment récupérer pour me retirer d'elle, bien que je le fisse avec réticence. Je me retirai d'elle et roulai sur le côté. Violet ouvrit les yeux, l'air sonné mais détendu. Elle se recroquevilla contre moi avec un sourire somnolent. « Merci, Daddy, » dit-elle tout en passant son bras autour de ma taille.

« Non, merci à toi, bébé. » Je l'embrassai sur le sommet du crâne tout en la serrant fort. « Dors bien. »

## 9

Violet

MÊME EN AYANT ÉTÉ AVEC JESSE DEPUIS PLUSIEURS semaines, je n'arrivais toujours pas à croire que j'avais un Daddy. Surtout un aussi doux et gentil que lui. Tous les jours, pendant qu'il effectuait ses tâches au sein du ranch, je restais à la maison et bossais sur mon propre travail. Il le vérifiait dès qu'il rentrait et il me complimentait toujours dessus. De temps à autre, il posait des questions sur L'Ange de La Nuit ou sur mon style de dessin, ce qui me rappelait agréablement que mon travail lui plaisait et qu'il aimait le regarder. Ça me rendait heureuse, et ça me poussait à continuer de dessiner. Je craignais toujours un peu que quelqu'un ne découvre que j'étais là et ne doxe Jesse. Mais il m'avait assuré qu'il se fichait de ce qui arriverait tant qu'il pouvait me protéger. Et je savais qu'il le ferait.

Je savais également qu'il avait aussi un côté plus sévère.

Un jour, je ne travaillai pas autant que j'aurais dû. Je manquais de concentration, et j'avais fini par regardé la télé toute la matinée au lieu de bosser. Et ça se vit. \

Ce soir-là, en rentrant du travail, il remarqua aussitôt que je n'avais pas terminé autant de boulot que d'habitude. « Qu'est-ce qui s'est passé, bébé ? » dit-il.

Je me mordis la lèvre. « J'ai regardé la télé, Daddy. J'ai perdu la notion du temps. »

Il croisa les bras et me fixa d'un air sévère. « Qu'est-ce que je t'ai dit ?

— Je dois finir mon travail avant de regarder la télé. » J'avais une petite voix, et la nervosité me donnait des papillons dans le ventre. Je détestais le fait de l'avoir déçu.

« Tu sais ce que ça signifie ? »

Je hochai la tête. « Il faut que tu me punisses. »

Nous avions parlé de ça peu après qu'il fut devenu mon Daddy. Il n'y avait que quelques règles définies que je devais suivre, et si j'en enfreignais une, il me punirait. Je ne savais pas ce que ça signifiait, mais je savais que ce ne serait pas bien méchant. Je savais qu'il ne me ferait pas de mal.

Mais je détestais le fait de l'avoir déçu.

« Tu as deux options, » dit-il. « Soit je te donne dix claques sur les fesses, soit tu dors dans la chambre d'amis ce soir.

— La fessée, » dis-je précipitamment. « S'il te plaît. » L'idée de dormir sans lui ne fût-ce que pour une nuit me donnait froid de l'intérieur.

Il hocha la tête, l'air pas surpris du tout. Il s'assit sur le canapé. « Viens ici, bébé. Viens sur mes genoux, sur le ventre. »

J'obtempérai, avec un petit frémissement d'impatience. Je n'avais jamais été punie de la sorte auparavant et j'étais un peu excitée à cette idée.

Jesse retroussa ma jupe et baissa doucement la couche-culotte pour révéler mon cul nu. Il passa sa main dessus pour le réchauffer. Je me détendis légèrement à son contact par réflexe. « Je veux que tu comptes, bébé, » dit-il. « Si tu oublies de compter, je recommence depuis le début. C'est compris ?

— Oui, Daddy, » dis-je, le souffle un peu court.

Il leva la main et l'abaissa dans un claquement. La claque me piqua la peau, mais fut en même temps agréable. « Une, » dis-je.

Il me fessa à nouveau. Bien qu'il veillât à frapper la partie charnue de mon derrière, celle-ci fit encore plus mal que la première. « Deux, » geignis-je.

Jesse me fessa encore et encore, jusqu'à ce que j'aie les fesses en feu sous ses coups. Lorsqu'il arriva à dix, le picotement commençait tout juste à devenir désagréable. Avec douceur, il remonta ma couche-culotte et baissa soigneusement ma jupe. « Tu es sage, » dit-il. « Tu as bien enduré ta punition. »

Je me retournai et passai aussitôt mes bras autour de son cou tout en l'embrassant sur le visage, dans le cou, sur tous les endroits que je trouvais. « Je suis désolée, Daddy, » dis-je. « Je serai plus sage. Je ne te décevrai plus, c'est promis. »

Il me prit par la taille et m'attira sur ses genoux pour me serrer fort contre lui. « Tout va bien, bébé, » dit-il. « Tout va bien. Je t'ai punie et maintenant c'est terminé. Tout va bien. Je suis là. »

Jesse me murmura des paroles rassurantes tandis que je me calmais. Il m'embrassa sur le sommet du crâne, en me disant que j'étais sage et qu'il était très fier de moi. Lentement, je commençai à me sentir mieux. Il était si bienveillant et indulgent envers moi. La punition n'avait même pas été si pénible que ça. En fait, ça m'avait plu. Il devait savoir que ça m'avait plu. Je n'avais jamais réussi à lui cacher quoi que ce fût. Mais il m'avait tout de même dit que j'étais sage de l'avoir aussi bien reçue. Je n'arrivais pas à croire à quel point je me sentais chanceuse. « Je t'aime, Daddy. » Ces paroles sortirent avant même que je n'aie le temps d'y réfléchir.

Il sursauta et s'écarta pour me regarder d'un air abasourdi.

Je baissai les yeux, gênée. Pourquoi avait-il fallu que je lâche ça comme ça ? On n'était ensemble que depuis quelques semaines. Je devais avoir l'air d'être collante et désespérée comme —

« Je t'aime aussi, bébé. »

Je levai les yeux vers lui, stupéfaite. « C'est vrai ?

— Oui, c'est vrai. Pour être franc, je crois que ça fait un petit moment que je suis amoureux de toi. Mais je ne savais pas comment te le dire. » Il repoussa mes cheveux de mon visage et les glissa derrière mon oreille tout en baissant les yeux vers moi avec un sourire tendre. « Je t'aime plus que tout. Je veux passer autant de temps que possible à te rendre heureuse, aussi longtemps que tu voudras que je le fasse. »

J'eus un large sourire. « C'est ce que je veux aussi, Daddy, » dis-je. Je me blottis contre sa poitrine et fermai les yeux. « Je t'aime, » murmurai-je.

« Je sais, bébé. Je t'aime aussi. Et je prendrai toujours soin de toi. Pour toujours. »

Jesse a trouvé son Éternelle Petite et Violet a trouvé un Daddy qui lui donne le sentiment d'être protégée et en sécurité. Ne sont-ils pas adorables ensemble ? Mais qu'en est-il de Gabe, le frère de Jesse ? Trouvera-t-il l'amour ? Découvrez-le dans *Le Daddy ou le Pilote Passionné*.

**Le Daddy ou le Pilote Passionné - résumé :**

*Elle avait besoin d'un endroit où dormir. Lui, c'est d'elle qu'il avait besoin.*

*Rebecca*

C'était bien ma veine ; en arrivant à mon hôtel, j'avais découvert que ma chambre avait été louée deux fois.

J'avais deux options : trouver un autre endroit où dormir à deux heures du matin.

Ou passer la nuit avec un parfait inconnu.

Et pour couronner le tout, Gabe était l'homme le plus sexy que je connaisse.

Et que son attitude était exactement celle que je recherchais chez un Daddy.

Il se comportait en parfait gentleman.

Mais ça ne signifiait pas qu'il voulait de moi.

Pourquoi est-ce qu'un pilote sexy comme lui aurait voulu d'une Petite comme moi ?

*Gabe*

J'étais pilote depuis des années, et jamais une Petite innocente n'était entrée dans ma chambre d'hôtel.

Elle était dangereuse.

Son adorable petit sourire parlait à mon instinct de Daddy.

Mais je ne pouvais pas permettre qu'elle le voie.

Elle avait besoin d'un endroit où passer la nuit.

Et elle serait en sécurité avec moi.

Je ne pouvais pas faire d'elle ma Petite.

J'avais deux fois son âge et ma vie de pilote ne me laissait pas beaucoup de temps pour la romance.

Mais j'avais envie de prendre soin d'elle.

J'avais envie de lui dire qu'elle était sage.

Et j'avais envie de la regarder tandis que je lui ferais ressentir un plaisir incroyable.

Même après une seule nuit avec elle, j'avais envie de la faire mienne.

Mais pourquoi aurait-elle seulement voulu de quelqu'un comme moi ?

*Le Daddy ou le Pilote Passionné* est une romance courte et TORRIDE mettant en scène deux adultes consentants qui sont parfaits l'un pour l'autre. Elle comprend des éléments de DDLG et d'ABDL, une pointe de drame, et une fin heureuse et sexy. Bonne lecture.

Cliquez Ici pour lire *Le Daddy ou le Pilote Passionné* !

www.ingramcontent.com/pod-product-compliance
Lightning Source LLC
Chambersburg PA
CBHW071449150726
48000CB00006B/2501